넉넉한 시계

작가마을 시인선 59

# 넉넉한 시계

© 2023 김종태

**초판인쇄** | 2023년 4월 20일
**초판발행** | 2023년 4월 25일

지 은 이 | 김종태
펴 낸 이 | 배재경
펴 낸 곳 | 도서출판 작가마을
등    록 | 제 2002-000012호
주    소 | 부산광역시 중구 대청로 141번길 15-1 대륙빌딩 301호
        서울시 도봉구 도당로 82(방학1동, 방학사진관 3층)
        T. 051)248-4145, 2598   F. 051)248-0723   E. seepoet@hanmail.net


ISBN 979-11-5606-218-9   03810   정가 10,000원

작가마을 시인선 59

# 넉넉한 시계

## 김종태 시집

도서출판
작가마을

好雨가 내려
농작물 튼실하게 자라기를

장단기 농업계획을 세워
잘 펼쳤으면

일복 저고리에 소금꽃 핀
구릿빛 농부들,

삼위일체로 이루어 낸
풍년!

2023. 봄에
김종태

작
가
마
을
시
인
선
㉟

## 2부

작
가
마
을
시
인
선
59

## 3부

## 4부

| 시집해설 |

넉넉한 시계

김종태

제1부

# 넉넉한 시계

어릴 적
우리 엄마

초가지붕 위
핀 박꽃 오므리면
해 뜨는 갑다

보리쌀 삶아,
아침상을 차리셨고

채소밭 울타리,
해바라기꽃 낯을 보면
한나절인 갑다
밥함지 이고 들에 나갔으며

오므렸던 박꽃 피면
해 지는 갑다
호미를 놓고 일어서셨다

엄마는
늦지도 빠르지도 않은
참, 넉넉한 시계,

# 망초꽃


둥근 등허리에
망태기 메고, 삿 가래 짚고
슬며시 들에 나가셨다

벼들하고 얘기하며 보살피다
해동갑으로
꼴망태 업고 오셨다

얼른 받아 내리며
– 농사일 이제 그만 하이소
– 이기 내 공분데
허, 황혼이 져야 일을 놓제

그 해, 여름
천수를 다하신 아부지
산기슭, 남향 유택에 모셨다

나풀나풀 풋곡식들
애벌 안 맨 콩밭을 굽어보며
장마 걱정하시는지

봉분엔
하얗게 핀 개망초 꽃,

## 아픈 새끼손가락

추석 전날
대처로 나간 자식을 기다린다

누런 들판을 질러 난 마을 길 양옆,
분홍, 하양, 빨강 코스모스들
귀성객을 맞이하고 있다

마을회관 마당에 다다른 승용차에서
강보에 싸인 손자를 받아 안은 달천 영감
웃는 입이 바지게 같다

됫병짜리 정종을 사 들고 부모 찾아오려니,
달이 뜨면 더욱 애달아
모롱이 돌아오는 차 불빛을 헤아린다

눈치 보여 안 오리라는 생각을 떨쳐내고,
이젠 속내를 드러내지 않으리라!
막차마저 끊긴 밤

팔베개하고 잠귀를 열어둔다
대문이 덜컹덜컹, 확 방문을 열어젖힌다

돌개바람의 주먹질

궁륭을 걸어가다 뭉게구름 등 뒤에서
막 얼굴 내미는 열나흘 달,
환하다 곧 어스름,

생손앓이 새끼손가락 가슴에 품고
풀벌레 울음에 지새우며

# 방황

납덩이 같은 발걸음
공원 벤치에 풀썩 걸터앉는다

역광에 얼비치는
노란 옷 입은 은행나무들
한 잎, 두 잎...
계절을 벗고 있다

향수를 지우려는 생각
깡 소주 거푸 채워도
가슴은 빈 잔,

부채무늬 수놓은 이부자리에
배낭을 베고 한뎃잠 잔다

한 무리 취한 노숙자들 드잡이,
뒤척이다 든 곤잠을 깨운다

퍼붓던 잠은 안 오고,
더듬이 떼버린 개미처럼
아, 내일은 또 어디로 가야 하나

〉

성긴 이불 틈새를 파고드는
한 줄기 달빛

## 오감五感

처서 지난 아침저녁
벼꽃 피는 들녘을 스쳐오는
시원한 바람

아내가
쟁반에 깎아온
올 배의 달콤한 맛

초록을 벗고,
오색 옷으로 갈아입은
산과 들,

달빛 아래
박 잎 위에 여치,
치르르, 기타 치는 소리

자오록한 아침
무서리에
더 짙은 국화 향기

# 십억 광년


노인요양병원에 모셨다


병원을 나설 때
터지던 눈물보


주말마다 찾아뵈어도


오늘은 왠지
처음 입원할 때처럼 망연자실,


-야야, 언제 또 보겠노
-자주 올게요
앙상한 두 손을 모아 쥐며


병실 문턱까지
뒤따라오시던 실 눈길


그날 밤, 어머님은
십억 광년 머나먼 길,
떠나셨다

# 볶인 땅에 빗소리

다급히 창을 두드린다
낭보, 잠결에 뛰어나간 마당,

얼마 만인가 비다운 비!
양팔 벌린 가슴에 뛰어내린다
단비야, 때 늦어도 좋다

선걸음에 갈 것인가
사나흘 주룩주룩,
토라진 벼 낯짝을 펴고,
축 처진 콩 어깨도 토닥였으면

내사, 날만 새면, 들에 나가
가무사리 탄 몸뚱어리 쫄딱 적시며
철철, 철철, 철철
물꼬소리 장단에 어깨춤 출란다

봉답, 논 가장자리엔
초록을 잃어 결실의 꿈을 접은 벼들
물에 말은 밥을 양껏 먹고,
벼꽃을 피우려고 서두르는 벼들

희비가 엇갈린다

추적추적, 볶인 땅이 물켜는 소리
우듬지엔 못다 핀 연두 잎 피우겠다

바싹 말랐던 냇바닥에는
황룡이? 용트림하며 굽이친다

저녁상 물리고, 마을회관에 모여든
물꼬 싸움으로 서먹해진 검게 탄 얼굴들,
비의 중재로 막걸리잔 입술을 맞댄다

배경음악 삼아 빗소리 들으며 이슥토록

# 연등

초파일

땀 절은 2만 원, 펴 쥐고
– 등 하나 답시다
– 3만 원짜리 이하는 없어요

겉, 속 호주머니,
돌림으로 여러 번 뒤졌으나
차비를 보태도
딱 삼천 원, 모자랍니다

천장에 빼곡히 얼굴 맞댄
맞붙인 대소쿠리만 한 벌건 연등들

연등 꼬리에 가족 이름들을 적어
씨줄 날줄에 매달아
간절히 소원을 빌지 못하고

돌고 돌고 돌고,
합장하며 탑돌이를 합니다

마당에서
탱화를 우러러 봅니다
어디서든 어떠랴 도처에 부처인데,

마음에 밝은 등을 달고
산문을 나섭니다

# 상생

봄옷 입지 않았다
남루를 벗고 겨울 난 찔레나무

그 발치에 터 잡은 민들레,
살얼음 추위에 꽃피워
솜털 날개마다 매단 씨앗들
바람이 사방 흩날린다

초록을 배후로
무더기 진 흰 찔레꽃,
산기슭, 밭들머리가 환하다

서둘렀고,
오래 기다려주었을 거다

우상복생 소엽의 잎잎 틈새를
파고드는 햇빛 부스러기 받으려고
겹겹 잎들 바닥에 착 펼쳤다

드리워진 그늘 속
한 치 바깥 벗어날 수 없어

찔레 잎 무성해지면 휴면에 든다

한풀 꺾인 무더위,
풀벌레 울음에 기지개 켠다

처서를 지나
찔레 덤불 밑이 멀게 지면
속잎 피워 미리 품안은 꽃망울들

# 늦가을

안간월*에 왔다

풀벌레들
부산했던 구애의 노래도 멎은 지 오래,
들숨날숨이 들리는 독 안 같다

개울가에 다다른다
물든 돌 복숭나무 끌어안고 해 질 녘,
짝을 찾는 목쉰 수매미 한 마리,
상강이 글핀데

농부의 낫에 베이고 베였던
밭둑을 덮은 바랭이들

서둘러 새로 피운 두어 잎 위
씨앗 몇 받쳐 이고 섰다
하물며 미물들도

뿌린 씨앗, 마저 갈무리해야 하는데

밤 없는 가등 아래

빳빳. 고개 치켜들고 선 쭉정이 벼처럼
때를 놓치지 않을까?

…꼬지만 타듯
부모 가슴 속을 알랑 가
핑 눈물이 도는 청 하늘 쳐다본다

길어지는 간월산 그림자,
벗어나려고 헐떡헐떡, 내딛는 발걸음

* 안간월 : 간월산의 계곡

## 자연으로

산간오지마을,
집안을 온통 초록으로 덮었다
울이 집 주위를 둘러치고 있긴 한데

블록 대문 기둥이 꽉 쥐고 놓지 않는 문패,
꼭 돌아온다
기약 없는 다짐을 했으리라

불볕더위에 고된 농사일 견뎌도
먹고 살 수만 있었다면,
살 곳 찾아 이농의 길, 떠났겠는가

기슭에서 울을 타고 넘어온 칡덩굴들
배밀이로 잡풀을 깔아뭉개고,
잎자루 겨드랑이마다 돋은 곁순들을 길러
마당도 텃밭도 초록융단을 깔았다

싸늘한 굴뚝을 친친 감아올려,
슬레이트 지붕도 초록으로 덧 이었다

중방에 박힌 못, 느직이 잡은 보리짚모자,

품은 소박한 과거와 때묻은 현재의
시공을 바람이 넘나들게 한다

문 얼굴과 천장에 곳곳,
그물망을 치고 밥줄 매단 거미들

처마 아래로 죽 드리워진 칡 대가리들
몸채마저 초록으로 둘러치면
드디어...

# 달천 댁 2
## - 농부증

   소형 보행기를 샀다 길을 걷다 어디서든 의자를 내어주고, 시장에나 자식들, 집에 갈 땐 든든한 버팀목, 사십을 넘겨 장가 든 막내네 집에 가는 아침, 어귀까지 몸을 지탱해 온 보행기와 버스에 탄다 언양 차부 근처에서 머리 볶고, 비닐구두 사 신고, 경주행 고속버스에 몸을 싣는다 차창 밖, 펼쳐지는 농번기, 들마다 트랙터와 이앙기가 왔다 갔다 초록 수를 놓느라 한창인데, 가람 옷 입고 이래도 되나 싶다 지게 짐에 짓눌렸던 퇴행성관절염, 늘그막엔 몸을 제대로 가누지 못하니 농사일 만류에도 기어이 논둑에서 낙상해 골절됐던 고관절, 이태 동안 문밖 출입도 못하더니 여든셋, 영감을 몇 달 전, 앞서 보냈다 휴일을 틈타 자식들, 힘든 일 도맡아 해주고 있었지만 혹여 어머니마저, 소작논은 지주에게
   돌려주고, 산답 다섯 마지기, 부칠 이 없어 묵고 있다 여섯 마리 소마저 내다 팔아 농협에 맡겨두고 이제야 달천 댁, 고된 농사일 멍에를 벗어났다 골병만 남은 여든하나, 영세농은 서서히 농경사회의 뒤안길로 사라지는 가! 아파트 내 슈퍼에 들러 수박 한 덩이와 과자 몇 봉지 사 싣고 손전화기 꾹 꾹, 눌러 아파트를 쳐다보며 통화한다 손녀를 안고 나릿나릿 다가오는 동남아 며느리

# 자식 농사

농번기

새참 이고 오는
아내에게

아이들,
학교 갔다 아직 안 왔나

일 좀 거들고.

내일 공부하다 자불면
우짤라꼬요

...!

# 덜 요량으로

열예닐곱 살 즈음

지게 짐에 짓눌렸던
피멍의 굳은살 박인 아버지 어깨에
둥우리 한둘, 덜 요량으로

간월산 준령에
해가 한 발쯤 남았을 때, 집을 나서
간월폭포까지 마중을 갔었다

간월 재를 넘어가신 데 비하면야,
호기를 부리며

어두침침한 가파르고 험한 산길,
늑대가 주위를 맴도는 듯,
호랑이가 포효하는 듯

어서 올라오너라!
환청에 이끌려 숨찬 걸음걸음,
등줄기엔 식은땀이

저만치 어렴풋한 홍류폭포가 보였다
빙벽 속으로 떨어지던 물소리 혹,
홍류의 흐느낌?

짙어 오는 어둠, 길목에서 속울음 울며
아버지를 기다렸다

저一기, 산길 위쪽
맹수 눈이 발산하는 인불인지?
제발 담뱃불이기를

*홍류폭포: 간월폭포의 다른 이름

# 드므

새마을사업으로
개수대에 수돗물이 쏟아졌다

녹슨 철사 테가 질끈 껴안은 드므,
장독대 가장자리에 나 앉았다

갓밝이 즈음
비, 눈, 땡초바람, 맑은 날
전천후 200여 미터, 우물길 오가며
드므를 채웠던 예닐곱 동이 물,
온 식구가 족히 일용할 생명수였다

살강 밑, 구석진 자리에 앉았지만
마르지도 넘치지도 않던 샘,
어머니의 무량한 사랑

또래와 뛰놀다 목이 말라
정지문을 열고 들어서면 언제나
송판 뚜껑 위엔
엎드린 누른 박 바가지가 기다렸다

호우가 갠 날
드므 안 물거울에 어른거렸던 환영

똬리의 꼬리, 입에 물고
남실남실, 옹기동이 밑동을 훔치며
사립문을 들어서던 어머니

# 인동초

따뜻한 봄날

한 집안에
두 색의 얼굴들 모여 산다

흰 얼굴,
노란 얼굴,

분 냄새 풍기는 맏딸 방,
매파가 신랑을 들여 준 대가로
꿀 한 병, 받아 갔다

노란 각시 문전엔
이후론 들랑날랑하지 않았으며

흰 얼굴의 자매들에게만
아침부터 매파들 문전성시다

몰아치던 땡초바람에
꽁꽁 언 몸을 엷은 볕에 녹여가며
긴 겨울 난 끈기로

〉
여식들,
모두 노란 얼굴로 변모할 때까지
잔치는 계속될 것이다

# 고독사


산기슭 외딴 오두막집,

생활보호 대상,
혜택을 받지 못한 구순 노파

창호지 문에 부착된 유리를 내다보며
이제나저제나,
집 나간 외아들을 기다렸다

라면박스를 들고 찾아갔던 이장이
고독사한 노파를 보고,
주민들에게 방송으로 알렸다

며칠 된 듯
온기 품던 전기장판은 꺼져 있었다

얼음장 냉골, 어둔 방안에서
이승의 끈을 부여잡고 뒤척였을 노파

문풍지 호곡소리만!

제2부

# 국화


붙잡고 싶더냐

계절의 분계선을 향해
돌아보지 않고
종종걸음치는 가을을

찬 서리에
된 몸살 털고 깨어나
옅은 향기를 풍기는 그녀,

나닐던 나비들은 죄 흩어지고,
빙점을 오르내려도
검버섯 한 점도 없이
꽃 시절 미련 버리지 못한 여인,

한땐, 진초록 옷을 입고,
동그란 얼굴에 수정 귀걸이를 달고,
청아한 자태를 한껏 뽐냈지만

눈 내린 아침,
뜰에 외로 오도카니 떨고 있는
저…

# 먹구름

언제 걷히려나
가슴을 덮은 먹구름,

땀의 짐 지고
인생노정 걸어간다

삶의 그릇에
오늘을 비워야만,
내일을 채울 수 있기에

맬 수 없는 먹구름은 언젠가
꼭 흘러간다

길 따라 늘어선 코스모스를 깨워
아름, 아름 꽃다발을 흔들며
바람이 휘몰아온다

기약 없이 머물던 먹구름도
터지는 폭죽처럼 새털구름 일어
파란 하늘이 보인다

긴 터널 헤매 나온
어둡고 습한 내 가슴에
쏟아지는 저 햇빛!

# 라일락


연초록 때

너덜겅을 걷고 걸어
맞잡았던 손,

영원을 꿈꿨던 사랑

소꿉장난하듯 섣불리
등 뵈며 내달려갔던 들길,
아스라이 멀어졌지

도리머리 도리머리를 해도,
때 없이
뇌리에 영상으로나 만나보는
미완의 사랑

그리움!
정수리에 함박눈 덮었어도
물거울이

# 다 가는 길

설 쇤 지 며칠 지난날

백발 노모를 겹 부축한 내외
승강기 출입문을 나선다

그늘진 얼굴,

두고 온 게 있는지
고갤 돌려 엉거주춤 머뭇거린다
애착생사?

－병 나으면 모시러 갈게요
－응－!

요양원에서 기다리다 때 이르면
하늘나라로 떠나는 것을
새삼 일깨운다

돌아나가는 이승

# 낙엽


홀로 걷는
작천정 벚나무길,

손을 흔들며 멀어지는
단풍 든 벚 잎들
우수에 잠긴다

낙엽이야
벚나무를 두고 홀연히
바람 따라가도

나목으로
엄동의 아픔 견뎌내면,
기약했던

앞선 마음이
화사한 웃음으로
찾아오겠지만

낙엽을 밟고
석양 길, 걸어가는
저 백발

# 꼬마물떼새

세자갈밭에 옴팍하게 둥지를 틀었다 4개의 알을 낳아
번갈아 포란하며 경계의 눈초리로 주위를 도리반거린다
배밀이하며 둥지 쪽으로 기어 오는 물뱀을 포착한다 급
비상과 하강을 거듭하며 대가리, 몸통을 쪼는 수 꼬마물
떼새, 혈투 끝에 알을 포기하고 꼬리를 감춘다 새끼를 볼
때까지 불안하고 초조한 나날, 잠시도 비울 수 없는 둥
지, 암컷이 포란을 맡고 갈증과 허기에 냇가로 날아간다
이번엔 다가오는 코앞에 날아 가 다리가 부러진 듯 삐_
삐, 파닥인다 앞발로 덮치려는 찰라, 날쌔게 둥지 반대쪽
으로 조금 날아가 또 그 시늉의 몸짓, 몸짓... 삶의 애착
보다 절실한 종족보존, 길고양이를 멀리 유인한 뒤 곧 둥
지에 날아와 알을 품는다 한나절 짐짓, 유월 땡볕에 달궈
진 자갈밭 둥지, 반숙이 될 것 같아! 냇물에 날아들어 깃
털마다 흠뻑 물을 머금고 쪼르르, 둥지 주위를 돌며 물을
털어내 열을 식히곤 날개를 쩍 펼쳐 차양막을 친다 해가
좀 식어질 즈음 뻐근한 날개를 접는다 줄 탁의 교감으로
애타게 기다리던 새끼 세 마리, 어미 죽지 틈새로 삐죽이
얼굴 내민다 어미 품을 벗어나 자갈밭에 천방지방 돌아
다니자, 어미는 새끼 셋을 데리고 물가에 나가고, 채 부
화하지 않은 알 하나, 아비가 품는다 막내 탄생을 기다리
며 둥지 곁에 모여 앉은 꼬마물떼새 가족

# 출연료

영덕 해변,

솔숲 등지고 선
펜션의 넓은 방 안,
손자 손녀 무대에 나란히 섰다

오카리나를 불고 있는 현빈
수연이와 경원인
생일 축하 노래 부른다
두 살배기 태우 딴전만 부려도
와! 박수를 친다

만 원씩 쥐어주는 할머니
현빈이는 시무룩 우두커니 섰는데,
양 무릎에 얼굴 묻고 돌아앉은
수연이 훌쩍거린다

목청껏 생일 축하 노래 부른 저들이나
입도 달싹 안 한 태우와
왜 똑같이 주냐며,
이럴 수 있냐며

〉
구겨진 얼굴을 확 펴게 하는
묘약이 들어 있다
회갑 맞은 할머니 지갑 속에는

# 걸음

평탄한 길도
굴곡이요,
너덜겅이었습니다

# 하버지

전화 왔다

두 살배기 경원이
ㅡ하버지
ㅡ오냐, 하버지다
ㅡ아니야, 하버지야
ㅡ!

# 치마

셋만 잘 만나면

한 생애,
행복하다던데

험준한 산악의 날씨처럼
변화무상

긴 치마,
역지사지였으면

무릎 치마,
곰 삭여낸 긍정

짧은 치마,
달변, 붙임성

중심 잡기가 참,

훨훨...
강을 건넌 뒤

〉

갈앉은 해감

실바람에도 혹여
노심초사

# 철새

한 무리 철새 떼
단풍 드는 나무에 날아든다

유난히 왁자하다
초 된 산머루 쪼아 먹었나
강남으로 떠나려는가?

먹이를 구했고,
부화한 새끼를 길렀으며,
새매 습격에 숨어든 간월산 품속

삼 철, 잘 났다는 듯
간월산을 선회하다 날아간다
때 절은 둥지를 두고

강을 건너는
팔순 부친이 불혹의 자식 염려하듯

망망대해,
처음 날아 건너는 새끼들에 앞장선
노쇠한 아비와 어미 새,

힘찬 날갯짓

무리에서 뒤쳐져
맹금들 낚아채고, 바다에 수장되고

철새 떼 따라 새끼들만 강남으로

# 상처

갈아입은 주황색 옷들
멀리서 보면 아름답기만 한데

실바람에도 겨워
길바닥에 앞다퉈 떨어져
배 깔고 등짝 맞댄 벚 잎들

곱게 물들었는가 하면,
애벌레를 키워 우화등선케 했던,
크고 작은 구멍 난 잎들
헤아리듯 눈길 간다

벤치에 걸터앉아 다리쉼 하며
입은 상처들로 인해
마음 넓혔던가?

지난 삶의 낱장을 뒤적이다
가등이 환하게 날 비춰
자리를 떠난다

# 길


갈레 길,


때로
밀고, 당겨
길 없는 길,


이기의 셈법
끝내 마음 배마저 사른다면,
적막에 뉘겠지만


훗날
버드나무로 서서
먼 강변을 마주보며
회한이 찰 일

# 애견 미용사

개업 날
하객을 초청하지 못했다
코로나19 사태로

화환 하나, 상록수 한 그루
출입문에 서서 홍보 역을 맡았다

텅 빈 미용실에서
눈만 빠끔, 북슬북슬한 첫 손님
애견미용실이 그득하다

반달눈 하며 예쁘게 해줄게_
낯익힌 후, 미용 대에 내려놓고
빗과 가위를 거머쥔다

2시간 족히 걸리는 미용,
지루한 나머지 앙탈부리다 슬며시
뛰어내릴 조짐이다

얼른 일손 놓고,
보듬은 채 어르고 달래기를 몇 차례

정성과 인내로 깔끔해진 애견,

주인 품에 안겨주며
—고맙습니다
—또 올게요

노파심 내려놓는다

# 날 구한 소나무

경사진 너럭바위를 가로질러 뛰어가다 장마가 키운 미끌미끌한 이끼에 엎어졌다 배를 착 붙이고 속수무책 낭떠러지 쪽으로 미끄럼틀 타듯 내려갔다 엄마야! 열서너 살 또래들, 발만 동동 구를 뿐, 손 갈퀴로 꽉, 급제동을 걸었지만 손톱이 찢어지고 피가 났다 벼랑 아래로 고갤 돌렸던 순간, 왼쪽엔 흰 물기둥이 수직으로 내리꽂혔던 간월폭포가 멀리 보였고, 불어난 계곡물이 거대한 흰 용처럼 꿈틀거리며 기어오고 있었다 깎아지른 절벽 아래 바닥엔 쩌려보았던 칼날 바위들, 내 생의 지름길로 가는 기막혔던 10여 미터, .....6, 7, 8, 9 덜컥, 너럭바위 틈에 터 잡았던 내 발목만 한 키 작은 소나무가 홑 삼베 바지에 오줌을 지린 엉덩이

를 허리 휘도록 떠밀고 있었다 바위 처마 아랜 십여 척 아찔한데, 항문이 간질간질, 눈길을 봉우리 쪽에 고정시킨 채 현기증을 버텼다 '고삐를 풀어오자 빨리! 세 살 더 많은 형의 번개 스치는 묘안, 주위에 흩어져 풀을 뜯고 있던 소들에게 너덧 개의 고삐를 풀어올 때까지 소나무야, 제발 버팀목이 돼다오! 가슴 옥죄며 피 말렸던 30여 분, 그 길고 긴 시간, 까마귀가 까악, 까악 머리 위를 낮게 날아갔다 매듭지어 던져주었던 고삐 한쪽 끝을 허리에 질끈 묶고, 묶었다 또래들이 끌어당겼던 생명줄에 나

도 젖 먹던 힘도 거들어 이를 악물고 미끄러지며 앙금앙
금 기어올랐다 살았다! 한 덩이로 부둥켜안아 주었던 또
래들, 나지막한 소나무도 치불던 바람에 곱사춤을 추고
있었다

# 피서

무더위와 갈증에
엎드려 석간수를 들이켠다

얼굴은 수면 위에 올려놓고
시린 소에 들어앉는다
오싹, 땀구멍들 얼른 문을 닫아,
머리도 식힌다

드리워진 땅버들 그늘 아래에서
노니는 송사리 치어 떼,
유영하며 내 쪽으로 몰려온다

살갗으로 역할 다한 불은 때,
앞다퉈 갉아 먹는다
팔 돋음하며 즐기는 때밀이

차고 넘치는 물은
주름 없이 안 흐르는 듯 흐른다
숲 품에 깃든 매미들의 떼창,
바람결에 실려 오는 칡꽃의 향기

간월산을 넘어오는 뭉게구름들
두부 엉키듯 겹겹 덮어 침침한 하늘,
불 칼이 번쩍, 뇌성을 질러댄다

뛰어내리는 소나기
수면을 짓밟아 물안개를 피운다

소름이 돋고
오디 색 입술에 맞부딪히는 이빨,

오감을 느낀 피서

# 빈자리

두레상에
손등만 한 케이크 올려놓고,
76개, 촛불을 밝힌다

손뼉 치며
사랑하는 영감 생일 축하합니다

오붓이
나눠 채운 맥주잔을 치켜들고
건강과 꿈을 위하여 건배!

톡 쏴,
어리게 하는 것이

세상에나
내 가슴속을 어루만지며
쓸쓸함을 내친다

전화로 축하 인사를 받고,
送金 먹은 통장도 불룩하지만

그래도 할망구는 못내
빈자리를...

# 왕초보

1
해종일
탐석을 한다

눈길 머문 것들마다
다 좋아 보여

묵직하게 짊어진 배낭,
강둑에 조심 내린다
한두 점, 혹간 빈 배낭인데
나만 한가득

합평을 눈여겨보며 들은 후
내 차례

감정하는 족족, 혹평하곤
수장시킨다
와르르 명석의 꿈

하지만 아닌 빈 배낭,

2
노년 초입에
지게 졌던 어깨에 책가방 메고

시 강의 듣는다
뭔 뜻인지,
그래도 포기는 없다

숙제
일주일 동안
잠 설쳐가며 써 간 시?

죽죽 긋고는
토막 문장 서넛만 남기고,
다시 써 오세요

참, 난감하네!

# 무게를 더할 것인가

눈이 내린다
며칠 동안이나

호젓한 산기슭에 난 길 옆,
외로 선 노송이
고봉 눈을 이고 있다

솔가지엔 눈을 피해
떼로 올라앉은 멧비둘기들
구구, 구구

인기척에 놀라
박차고 후닥닥 눈 속을 난다

휘청_ 뚝
언 팔 부러지는 소리
쌓인 눈은 바닥에 쏟아진다

코로나19에 잇따른 불경기,

이중고를 겪는다

〉
저 멧비둘기들
어디에 날아 앉아 또
무게를 더할 것인가

# 천사

초등학교 3학년인
누나가

초등학교 1학년
동생에게

마주 앉아,
곱셈을 가르친다
2 3=얼마?

고개 숙인 채
중얼중얼

고사리손도 거들어
오므렸다 폈다
뜬금없이 5

아니야
6이야 육!

제3부

# 쌀값


굼벵이 걸음이다

늘 달팽이 걸음이 그나마

소비자들 부담되겠지만,

이태 동안,
가뭄이 데려온 흉년

타작마당에
열 포대 중 못 채운 포대 셋,

안 오른 것만도 못한

# 영세농

짚이라도 남을라나?

영농계획을 짜다 말고,
볼펜을 쥔 손에 힘이 풀린다
캄캄한 창을 망연히 바라보는 백발 농부,

헛간 내벽에 걸린 지게엔 켜켜이
먼지가 쌓이고,
쟁기 끌던 일소는 송아지만 어르고 있다

땀의 농사,
아린 농경시대 뒤안길로 사라진 자리
각종 농기계가 들어섰다

경운기는 녹슬고,
트랙터, 이앙기, 콤바인은 보고 못 먹는 장 떡,

모도 사와야 하고,
논갈이, 쓰레질, 모내기, 벼 수확 때마다
대행업자 손에 삯을 쥐어줘야 한다

심지어 짚마저도 곤포기 힘을 빌려야 하니
가실마당엔 빈손,

풍선처럼 가슴 부풀던 여남은 마지기의 논,
고랑 진 구릿빛 얼굴의 밥줄인데
외려 거미줄을 치려든다

영세농의 굴레를 끝내 벗어나지 못한 채
농지연금제도에 가입한 그들,

제 몸 같은 논뙈기를 야금야금 갉아먹다
차츰, 세상을 떤다

농대를 졸업한 농민후계자,
임대한 수만 평 논에서 콤바인을 타고
풍년을 노래하며
부대마다 차곡차곡 거둬들이는 금싸라기,

# 달천 댁 1
### - 농부증


무더위 쉼터에 모여 앉았다
가슴속이 시원한 에어컨 바람에
한더위를 피한 달천 댁,

걸음에 재미 붙인 손자에게 물려받은
기름 없이도 굴러가는 자가용
찐 감자, 호미와 깔개를 챙겨 싣고
서둘러 집을 나선다

훤칠했던 달천 댁,
땅을 물고 다니는 윗몸을 받쳐 밀며
가다 서다 잔걸음 옮긴다

이윽고 다다른 무밭,
햇살이 빗금으로 찔러댄다
볕 가리게 모자 고쳐 쓴 달천 댁,

연약한 무 떡잎은 솎아내고,
될 성싶은 떡잎만 다문다문 북돋운다

해가 좀 식어질 때 다 솎아야 하는데

벌써 서산 등 뒤에 얼굴 숨긴다
피사리 간 영감 저녁 걱정

앞서가건만,
어스름이 들길을 지워도 애 터지게
유모차는 거북이걸음

손전등 켜 들고 찾아 나선 달천 영감

# 꽁보리밥

1
꽁보리밥을 먹는다
열량은 적고 미네랄, 섬유질이 많아
성인병 식이요법으로 제격

현미, 통 쌀보리가 7할인 꽁보리밥,
매 끼니 때마다
한 그릇, 비우기가 쉽지 않다
하지만 건강을 지키려고

2
보름은 더 가야 망종인데
고픈 참새가 쌀보리 밭에 날아든다

홍보를 했나?
종태 영감 밭에 가면 먹을 게 많다고,
나날이 마릿수가 늘어 왁자하다

청 쌀보리 이삭들을 꺾어내려 쪼아
망가뜨리는 참새들

잡곡밥을 외면해 빈들,
극소수만 잡곡을 재배하다 보니
이러다간 꽁보리밥을 못 먹을라 싶다

나일론 그물을 밭 가에 빙 둘러치고,
이삭 위 하늘도 틈 없이 가렸다

그물망 위에 내려앉기가 섬뜩했을까
선회하다 어디론가 날아간다

새벽잠 깨워주는 참새야, 나중
타작마당에 와―

# 마른 물꼬

처서를 예고하는 귀뚜라미,

곡우 이후
비다운 비, 내리지 않는다
마른장마로 지나가고

자린고비 선심 쓰듯
잠시 흩뿌린 여우비마저
작열하는 태양이 곧 증발시킨다

불볕을 가릴 구름조차 없는 중천,
저수지 둑에 올랐다
물금들만 남긴,
바닥엔 먼지가 날린다

발원지가 말랐으니,
낮은 지하수를 빨아드릴 수 없어,
벼들은 온몸을 말고 있다

후텁지근한 바람이 비를 데려와
막 내리는 참에 찬바람이 몰아낸다

푸른 잎을 펴다 말고
턱없는 갈증에 폭염에 또 앵돌아진다

끝 모를 가뭄에도 때를 놓칠세라
물 좀 더 먹은 윗녘의 벼들
이삭을 배려고 안간힘 쓰는 배동바지,

간절히 구름의 표정을 읽는다
들판엔 열풍이 묵화들을 밀고 갈 뿐,
철 철 철, 환청으로

!

# 들길

바둑판의 들길 걷는다
봄옷 입어 풀 향기 밴 들녘

얼 부푼 살갗을
봄갈이로

초록 물결 일지 않으니,
하늘 높이 치솟아
봄을 노래하던 종달새들
어디론가 봄 무대를 옮겨갔다

보리밭 사이 길로...
콧노래 없이 포장된 들길 걷는다

도랑둑, 들길에 터 잡고 살았던
띠, 쑥, 바랭이, 질경이...

흙길에 시멘트가
드러누워 일어나질 않아,
이슬점일지라도 맺힐 데 없다

고무신 신고 걸었을 땐
풀잎 끝을 물고 조롱조롱 찬 이슬들
발등에 떨어져 머리가 맑았지

물풀 없는 매끈한 도랑 바닥,
잃어버린 펄 집을 찾는 미꾸라지들

벼 고랑을 거닐며
뜸북뜸북 노래했던 뜸북이도,
이젠 종달이 마저 떠난 들길에 서서

# 태풍

태풍 전야
이파리 하나 흔들림 없어
적막이 감돈다

초조하고 걱정돼 잠 설친 새벽,
초록 들판을 휩쓸고,
수풀을 광란의 춤을 추게 하고
산을 넘기를 두어 시간

오른쪽으로 휘몰아치는가 하면,
때론 왼쪽으로 강타하는 태풍의 주먹
한 해, 무려 일곱 차례나!
쓰러진 벼 낟알들은 싹이 났다

가지가 부러질 듯 짊어진 과일들
후려치고 메쳐, 쾌락이다
단 내는 썩은 내로

네 포기씩 일으켜 세워 묶은 벼,
또 쓰러뜨린다

꺾인 벼 발목에서 돋아난 어린 벼들
머잖아 된서리가 내릴 텐데,
파릇파릇 웃는다

삶도 그렇지 주저앉을 수는 없다
논둑을 박차고 일어나
묶고 또 묶는다

# 두레꾼

뚜우–간월산을 쩌렁쩌렁 울렸다 어둑새벽, 소 뱃구레를 채우려고 논두렁에 꼴 베어 바지게에 지고 와 마당가에 받쳐놓고, 이른 아침을 먹자마자 고동을 챙겨 삽자루에 끼워 메고 서둘러 다음 맬 차례 논으로 모여들었다 엊저녁 미리 물을 뺀 논에 찰박찰박 풀을 맸던 열서너 명의 두레꾼들, 일렬로 엎드려 앞서거니 뒤서거니, 뒤쳐진 두레꾼에겐 지심 짝을 휙– 던져 뻘 옷을 입히기도 했다 꼴머슴이 뒤에서 대나무 끝에 달린 댓잎으로 엎드린 등마다 스칠 듯 왔다 갔다 쉼없이 쇠파리를 쫓았다 두레꾼에 의해 밟혀 쓰러진 벼 포기를 일으켜 세우던 순간, 누군가 찡그린 얼굴로 어깨를 실룩이며 번개같이 지심 짝이 날아들었다 뻘 칠갑 된 꼴머슴, 번쩍 든 정신에 울먹이며 그쪽에 대나무를 마구 휘저었다 논머리가 가까워 오자 엎드린 채 기준부터 논매는 폭을 차츰 좁혀가며 빠르게 되돌았다 한 발의 긴 나팔대를 뽑아 받쳐 들고 새참 때를 알렸던 나팔소리, 모녀가 국수 광주리와 농주를 채운 옹기동이를 이고 종종걸음 쳤다 분내 나는 들꽃을 힐끔거리며 농주 한 사발, 얼큰하게 목을 축였다 대접에 수북이 국수를 담고 제 몸 퉁퉁 불어난 멸치가 섞인 우린 물을 붓고 정구지 한 점 올리고 양념간장을 친 거무스레한 우리 밀국수를 건네받아 후루룩 곱빼기를 비운 후 배를 쓰다

듦었다 따가운 햇살이 등을 찔러대고 삼베적삼엔 땀방울이 비 오듯 논바닥에 떨어졌다 한 자락 남풍이 불어오면 '허리 펴세' 선창에 복창하며 허수아비 몰골로 시원한 바람을 안았다 숨이 턱에 닿을 즈음, 한나절을 알렸던 나팔 소리 움켜쥔 지심 짝을 서로 얼굴과 옷에 내던졌으며 뻘옷 입은 채 앞다퉈 시린 물이 차고 넘치는 밤나무소에 풍덩, 뛰어들었다 각자 주인집에 가서 점심을 먹은 뒤, 한숨 눈을 붙인 오후, 돌림 농요를 구성지게 부르며 고된 논매기를 견뎠던 긴 하루의 끝자락, 푸르스름한 들녘에 울려 퍼졌던 나팔 소리에 소농들도 밭맸던 아낙들도 일손을 놓았다

*고동: 손끝을 보호하기 위해 손가락에 끼워 논맬 때 사용했던 대나무 토막으로 만든 도구
*지심 짝: 논을 맨 잡풀 뭉치
*정구지: 부추의 울산 방언

# 배추 예찬

싹 틀 때부터
포트 바닥에 착 펼치고
잎을 넓힌다

일정한 간격으로
본 밭에 옮겨 심어두면,
잘 자라 영역을 넓혀간다

옆 배춧잎 끝과 끝이
서로 맞닿기만 하면 스스로
넓힘을 멈춘다

세력이 강하다고 넓은 잎으로
약한 배추를 볕 못 들게 덮어씌워
고사 시키지도 않는다

배춧잎을 곧추세워,
넓힌 만큼 밑동의 크기를 잡고
결구를 시작한다

풀벌레 울음소리 멎은 늦가을,

결구를 완료한 밭에 가면
고만고만하게 빼곡히 선 배추들

저처럼 다툼 없이,
선의의 경쟁으로 살아가는
이웃 되기를

# 옥수수

수분을 한다

점심나절 즈음
맴 맴, 쓰르람 쓰르람
배경음악을 들으며

수술보다 좀 늦게 나온 암술도
중신아비 바람에
너펄너펄 춤을 추고 있다

한 생을 살아야 할
본 밭에 처음 시집왔을 땐
땅도 물도 낯설어
선뜻 뿌리 내리기 망설이었다

흙내를 맡고 적응하며
뼈마디 꼿꼿하게 층층 돋우었다

무더위와 땡볕을 즐기며
점점 배가 불러온다

가뭄도 태풍도 무릅쓰고
등에 업고 키워왔다

이웃끼리
경계를 허물고 잘 영글은
알록진 옥수수들

# 곁순치기

수박을 재배한다
원줄기 겨드랑이마다 곁순을 치며,
땀으로 가꾸어 왔다

한 포기에 한 덩이씩,
똬리를 깔고 앉은 수많은 굵은 수박들

밭 끝머리
곁순 치지 않고 방치한 수박 한 포기,
원줄기는 뻗어나갈 힘을 잃었다

잡념처럼 얼기설기 엉킨 덩굴엔
다 익은 수박이 배만 하거나,
어떤 곁줄기엔 그마저 열리지 않았다

인내, 집념이 약해 전공을 살리지 못하고,
하는 일마다 되는 게 없이 늘
초년생인 외아들

원두막에서
수박 농사를 천직으로 삼은 아버지의

경험담에 귀 기울인다

노지에서 비바람 맞아가며 땡볕 많이 쬔,
원줄기에 꼭지를 잇댄 수박이라야
굵고, 제맛이 나지

# 새

배 과수원
탱자 울이 감췄던 포들
발치에 노란 단풍들 벗어내려
드러났다

덕장에서 매운 눈바람을 맞아가며
꾸덕꾸덕 익어가는 북어처럼
개구리, 청개구리, 방아깨비, 메뚜기들

동면에 들기 전
부리에 물고 후려치고 메쳐,
돋친 가시에 낱낱 꿰어 말려놓은 건
까치와 참새가 한 짓이다

길고양이나 족제비들
범접 못할 가시 곳간에 저장해놓고,
겨우내 두고, 두고 꺼내 먹는
텃새들 단백질 공급원이다

가공식품, 단 음식, 육류, 튀김류
과잉 열량을 몸에 탱글탱글 저장해온 난,

관절에 통증을 견디며 살아간다

몸 가벼워야
하늘 길 나닐 수 있다는 걸
아는 새,

# 낟알

낟알을 줍습니다

타작은 끝이 나고,
뒷설거지도 다 마무리 지은 논,
할머니 혼자 남았습니다

플라스틱 바가지 하나 앞에 놓고,
앉은걸음 하다 퍼질러 앉았다
해종일 침침한 눈으로
논바닥에 흩어진 벼 낟알,
낱낱 주워 바가지를 채웁니다

하산하는 젊은 남녀 등산인들,
할머니를 에워쌉니다
(먹고 남은 쌀밥은
음식물쓰레기통에 내다 버리는데)

―한 됫박도 안 되는데요 할머니
―해마다 딱 한 번
 하늘이 주는 곡식이여,
 내사, 금싸라기하고도 안 바꿔!

〉
가풀막진 보릿고개
첩첩 넘고 또 넘었던 할머니

넉넉한 시계

김종태

제4부

# 단풍


산경을 본다
용케 미세먼지 없는 파란 하늘,

배내골은 구절양장의 길,
봉우리마다 찬 불꽃이
산기슭으로 타 내려온다

열매를 다 내려놓고,
오색으로 물든 빈손들의 춤사위

이런 날
나 역시 만산홍엽,

# 독도

여객선에 승선한다
포항 부두에서

잔 너울이다
산들도 차츰, 수평선 너머로 가고,
원형의 망망대해,

울릉도를 버스로 곳곳, 둘러본 후
하룻밤을 묵은 아침,
독도행 유람선에 올라탄다

뱃길로 두 시간 남짓
저기, 해무로 엷게 단장한 쌍의 독도!
새끼도 몇 거느려 덜 외롭겠다

거친 파도가 접안을 거부해
곁에 와도 헛걸음할 수 있다는데
행운이다

맴돌며 일행들을 반기는
괭이갈매기들의 노래와 춤사위

〉
독도에 터 잡은 떨기나무와 풀들
악착스레 남풍을 끌어당긴다

머물 시간은 20분,
동도, 서도, 촛대바위를 배경으로
일행들과 기념사진을 찍는다

초록 옷 입은 독도!

# 운문댐 지나며

벗 몇 모인다
세밑 며칠 앞둔 아쉬움에

가파른 운문 재 넘는다
그득했던 담수는
물금들 흔적만 남기고,
군데군데 댐 바닥이 드러났다

산 꼬리들 굽이진 길을 운전한다
나목들 소나무가 산재한
수묵화를 감상하다

낮아진 수면만큼 높아진
오종종 모여 앉은 마을 마주하다가

하나 절, 가든에 들려
거나하고, 든든하게 채운다

찾아 몇 구비 한갓진 찻집,
다탁에 뜨건 커피잔을 들고 놓으며
정겨운 말꼬리 서로 잇대간다

〉
홀쭉한 댐을 뒤로하고,
소호마을 산속을 벗어나 돌아가는 길,

촌락, 음악실에서
나름 삶을 견뎌온 유행가로 푸는 회포
추억 하나 더 보탠다

# 걷다 보면

돌밭에서 돌을 찾는다

2박 3일, 원정 탐석을 나온 동호인들,
두엇은 앞서 설쳐대지만,
배때기를 갈고리로 뒤집고 엎어도 보며
낱낱 눈길 꽂는다

자연이 빚어놓은 천태만상 보물들
신비로움에 이끌려 불볕 시간을 견딘다

오아시스를 갈망하는 대상에게
신기루처럼
열기에 아롱이는 갱분에서
수석을 찾는다

오늘도
어느덧 서산은 햇덩이를 이고 있다
명석을 만날 간절함은 요원하고,
빈 배낭 털어 메고 돌아서는 발길에 툭,

정상만 봉긋 내놓고

모래 속 몸통 숨긴 예감 좋은 돌덩이,

두 손으로 받쳐 드니 전율이 인다
삼봉이 품은 호수 석!

# 곶감

익은 감을 깎아 아버진

사리 대에 여남은 개씩 꿴,
다섯 줄을 엮어
볕 잘 드는 처마에 걸어 두었다

곶감이 꾸덕꾸덕
적갈색으로 익어 갈 즈음
방에 들고나며 쳐다볼 때마다
군침이 절로 꼴깍

으름장 놓던 엄마의 회초리가
차츰, 내 눈에 흐려졌고,
곶감만 또렸했다

호랑이도 무서워한다는 고것을
냅다 하나 따 먹었다

젖니 빠진 듯 곶감의 빈자리,
그 줄에 곶감들 간격을 재조정해
후회의, 빈 자리를 메웠다

〉
개수를 파악해둔 줄 모르고,
종아리를 전속력 때렸던 회초리에
지렁이 몇 마리!

# 이농에서 귀농으로


떠나는 보따리,
청년들, 앞서 길 터,
중년들도 거의 이농했지만
아직 진행형

귀농하는 청, 장년들,
볶인 밭에 콩 나기

힘들고 고된 농사일
노인들만 남았다!
목청껏 외쳐도

진통제만 찌를 텐가?
병 든 농촌을

재배, 생산, 판매, 모든 일들
특단의 장단기계획을 세워,
실천, 유지, 보완하는 농정을 펴야
농촌이 사는 길임을

젊은이들,

농촌에 돌아올 것이다
아기 웃음소리도

# 보릿고개 1

새벽녘
뒤란에 가면
감꽃 흩뿌려 놓았다

갱죽으로 저녁을 때웠던,
생으로 고픔을 채우며
볏짚에 줄줄이 감꽃 꿰었다

감꽃 하나 망가뜨릴까 봐
들머리부터 차근차근 주웠다

늦게 나와
멋모르고 감꽃 밟고 다녀
굴밤 한 대 먹였다

고작 너덧 개, 감꽃을 꿴
짧은 볏짚을 꼭 쥐고,
고사리 손등으로 눈물 닦으며
하늘 쳐다보고 울다

어느새 쪼그려 앉아

떫은 맛의 감꽃, 주섬주섬
입에 넣던 동생아

# 보릿고개 2

어매요
오시는 길에
냉이꽃이
안 피었던교

*전언

# 허기

개동아!
밥 묵어라

골목골목,
목청껏 불러 쌓던
니 엄마

갓 잦힌 쌀밥에
달걀 전,

산그늘 내린
오두막집에 홀로
새우처럼 누워
훌쩍...

저 목소리
더 고팠던 아이

# 외할머니

지하 저장고에서
소쿠리에 담아 당겨 올렸던
꿀 덩이들

자루에 옮겨 담다 말고,
신불산을 물끄러미 바라보시며
몇이더라?

팔 남매, 봐서는 더 담아야겠고,
중학생에게
무거운 짐 져 보내기가 애처로워
널 뛰셨다

비료 포대 종이에
따끈한 찐 고구마 싸 쥐여주시며
─가다가 배고프면 먹어라
─예

외할머니의 온정,
감싸 쥐고 시린 손을 녹이며
고구마 자루 짊어지고

산 십리 길, 집으로 가다가

내리막길에 접어들어 뒤돌아보니,
가물가물, 냇둑에 서서
무거운 짐 염려하셨을 외할머님

# 여행길

두 순배 돌림 주,
메들리 경음악 어깨가 들썩인다

내 나이가 어때서
사랑하기 딱 좋은 나인데…
단풍이, 꽃노래 부르자니 머쓱해서
또 한 잔,

서리 내린 초등학교 동기들,
쓴 소주 석 잔이
마중물처럼 아리랑 고갤 넘자
와 이리 다노!

삼척의 명승지
몇 구경하고 돌아가는 길,

근심 걱정
군청색 동해에 출렁 띄워두고,
달리는 나이트클럽?
취흥에 겨워 피로를 잊는다

은빛 독수리!
화들짝, 앉은 자리가 제자리,
나비인 양 난 분분

두 눈에 불 켜고
내달려온 먼 여행길,

아쉬운 얼굴들,
그새 언양엔 짙은 어둠이

# 산야초 생식

철망으로 울 친 밭에 모았다
푸새 25종,

산야에 자생할 땐
햇빛은 수풀 위에 쏟아져
빛 부스러기 받아먹은 산야초들

퇴비 보약 먹여 된 몸살 털고,
한껏 쬔 볕에 온전히 새 뿌리 내려
고개 들어 나풀댄다
모질고 끈질긴 생명력에 기댄 건강

잔가지 단이 더 힘세 듯
산야초류, 채소류, 두류, 곡류, 해조류
35종류가 배합된 산야초 생식

체내에 흡수된
영양소와 기능 물질, 강한 면역력,
성인병 예방, 치유에 시나브로
도움을 준다

〉
밭에 돈 되는 게 아니라
아내 자식 자손 형제 이웃도 나눠
건강 부자

# 쌀밥을 소가

빵에 물리었나?

지천이다
양곡창고에 묵고, 묵은 벼 포대들
썩기 전, 소들에게 먹이다니!
깡그리 상한 자존심, 풍년이 두렵다

야적해 둔 햇벼 포대들
입혀둔 비닐 옷,
비바람에 찢어질 듯 펄럭인다

절대 부족한데 쌀은 남아,
농경시대 이래 처음 겪는 일

신토불이 밥상,
밑져도 절대 포기할 순 없다

계단식 논은 정지하여
콩이나 배, 사과, 초지를 심었으면,

두렁의 경계를 허물고

1000평 넘는 논배미로 바둑판을
새로 짜야한다

한 농부가 트랙터를 몰고
5만 평이 넘는 논을 갈아엎을 그땐,
쌀이 남아도 좋겠다

## 요트

희붐한데
정오현 시인 따라나선 길,

염려하는 자오록한 날씨
거가도로에 접어들어 쳐다보니
먹구름 뒤에 숨은 파란 하늘,
아슴아슴 드러난다

정박 된 요트,
잔주름의 살갗을 가르며 미끄러진다
칠천도 다리 근처
닻을 내리고 선상에서 둘러본다

바다를 에워싼 박무의 높은 산들
해안 따라 나지막한 산 몇,
해무에 씻긴 대숲, 송림이 선명하다

짙푸른 바다에 낚싯줄을 내린다
처음 추 무게를 잊지 말라,
귀담아 듣는 초보

낚싯줄을 반복 올렸다 내리며
손끝 신경에 집중한다
무딘 감각, 과민반응에 번번이 허탕,

가짜 미끼 위에 올라앉는 게 감지되자
잽싸게 낚싯줄을 당겨 올린다
어, 쭈꾸미!

선상 식탁에서
쭈꾸미의 쫄깃한 맛에
불과하다

# 간월폭포

폭우가 갠 날,
두 지팡이에 몸 의지한 채
간월폭포에 올라간다

다가선 익은 모습,
청년 시절, 강인하고 올곧은 기상
마음 다졌던 간월폭포!

가풀막진 계곡을 소용돌이쳐온 급류가
33M 높이에서 수직 낙하하는 굉음
지축을 울린다

큰 비, 소나기가 그치면
자주 무지개 서는 신성한 곳,
소에 꿇어 엎드려 청량수를 들이켜며
마음에 더께 세정한다

태곳적부터 흐르고 흘러 꼭대기엔
물이 갈아 만든 두 자 깊이 도랑 같은 홈,
폭포선은 영원하고, 폭포수는 흘러간다

폭포 정점에서
풍류객들과 그 시절 놀이하다
추락했던 홍류는 하늘로, 애절한 구전

오래 머물렀으면, 또 오겠나
산새들은 간월산 품속으로 날아드는데

# 간월재

높푸른 하늘 아래
흰 저고리 입은 간월산,

해마다
억새꽃 축제가 열린다

피아니스트와 합창단의 화음,
모여든 청중들

춤추는 억새 어깨에
무동을 타고 짝을 찾는
풀벌레 노랫소리

억새 꽃길 거닐며
가을을 만끽한다

# 딱 한 잔만 더

.

떼로 몰려섰다
속 빈 것들

부부 동반 동갑 모임 날
발그족족 단풍들,
비울수록 더한 갈증
마음은 초록?

따라야, 받는 술,
허릴 그러쥐려는 순간
얼른 상 밑에 감춘다

뚜껑 안 딴 미련
뒤돌아본다

딱 한 잔만 더,
습관처럼

# 장가간다

돈돌이 장가간다
분홍 꽃잎, 약간 시든 豚順이에게

어디로 뛸지 몰라,
길잡이 회초리 하나 거머쥐고
난들 지나 아랫마을로

가다 서다, 주변을 살피고
비알진 길, 건널목에서 머뭇거린다고
엉덩이를 세게 밀치거나 때릴수록
더 버틴다

열 받았다 하면 천방지방 저돌적 질주,
교미의 적기를 놓치게 된다
진정될 때까지 어르고 달래며
소통하느라 진땀난다

가까워오는 마을,
꿀꿀, 꽥―꽥, 수퇘지 찾는 소리

예민한 후각으로

바람결에 실려 오는 단내를 맡곤
세월없는 걸음이 빨라진다

돈사 앞, 소독 샤워한 후 입장,
열정을 쏟고 나면,
배추 이파리 몇 닢 받아 쥐고 흥얼흥얼
익은 길로

목에 힘주지 마세요


주의!
공사 중.

시집해설

푸른 오감五感으로 틔우는
삶의 문장들

정훈(문학평론가)

# 푸른 오감五感으로 틔우는 삶의 문장들
## – 김종태 시의 세계

정훈(문학평론가)


삶에서 나온 시를 좋은 시로 바라보는 관점은 오래되었다. 사실 시가 좋다는 둥 안 좋다는 둥 개인의 취향이나 개성에 따라 다양하게 나타나는 현상은 그리 이상할 것 없다. 그런데 오래도록 사랑을 받거나 대중들의 입에 오르내리는 시의 경우에는 어떤 특별한 까닭이 없을 수가 없다. 시간이 흘러도 사람들에게 보편적으로 적용되는 '공감'이 가장 큰 요소다. 시인마다 제각각 다양한 시적 형식과 언어 및 세계를 형상화하더라도 거기에는 사람들에게 호소하거나 공감을 바라는 부분들은 분명히 존재한다. 시인의 세계가 사람들에게 전달해서 공명되는 경우 그 시는 오래도록 살아남는다. 물론 재기발랄하거나 기존의 시적 관습에 반기를 드는 시들도 허다하다. 이러한 실험의식을 전면에 내세우는 시들이 지니는 의미도 적지 않다.

'시란 무엇인가' 하는 물음을 되새기면서 세계를 거듭 새로운 시적 형식으로 담아내려는 의지가 들어 있기 때문이다. 그런데 삶에서 소재를 꾸준히 얻어 와서 세계와 인간이 서로 주고받는 눈에 보이지 않는 관계성을 성찰하면서 그 의미를 캐내고자 하는 시들이 외면당하지 않고 사랑받는 이유는, 그런 시들이 보여주는 삶과 언어에 대한 진정성을 발견할 수 있기 때문이다. 더욱이 자신의 생활세계에서 벌어지는 작지만 빛나는 지점들을 잡아내면서 우리가 평소에 느끼지 못했던 새로운 세계를 경험하게끔 하는 시를 대하는 의미는 남다를 것이다.

　이런 점에서 김종태의 시는 언어를 함부로 휘두르지 않고서도 얼마나 말이 주는 힘과 생성력을 펼쳐보일 수 있는지 보여준다. 그는 지난날 '농촌공동체'에서 경험할 수 있었던 교향과도 같은 소재와 이미지를 능숙한 솜씨로 재현한다. 여기에는 거짓과 속임이 없다. 그래서 자연의 넉넉한 품에 안긴 듯 평안하고 온기가 스며든다.

　　어릴 적
　　우리 엄마

　　초가지붕 위
　　핀 박꽃 오므리면
　　해 뜨는 갑다

　　보리쌀 삶아,
　　아침상을 차리셨고

　　채소밭 울타리,

해바라기꽃 남을 보면
한나절인 갑다
밥함지 이고 들에 나갔으며

오므렸던 박꽃 피면
해 지는 갑다
호미를 놓고 일어서셨다

엄마는
늦지도 빠르지도 않은
참, 넉넉한 시계,

— 「넉넉한 시계」

각종 곡식과 식물들의 상태를 보고 어느 나절쯤인지, 혹은 뭘 해야 하는 시간인지 가늠할 수 있던 시대가 있었다. 적절한 비유가 될지 모르겠지만 헝가리 비평가 게오르그 루카치가 쓴 『소설의 이론』 서두에 다음과 같은 구절이 나온다. "별이 빛나는 창공을 보고, 갈 수가 있고 또 가야만 하는 길의 지도를 읽을 수 있던 시대는 얼마나 행복했던가? 그리고 별빛이 그 길을 훤히 밝혀 주던 시대는 얼마나 행복했던가" 이 시대는 사람으로 치면 유년기에 해당하는 때다. 인간과 자연과 존재가 한 몸이던 시대다. 물론 사람한테도 그런 시간대가 있다. 젖을 막 떼던 무렵일 것이다. 아이와 엄마가 한 몸으로 엉켜있던 시절이다. 이런 시간대는 여느 사회나 공동체에도 적용이 가능하다. "늦지도 빠르지도 않은/ 참, 넉넉한 시계" 같은 엄마는 어느 누구에게나 있었다. 자연의 얼굴을 바라다보면서 무엇을 해야 하고, 또 무엇을 할 수 있었는지 몸으로 알았던 때는 행복했다. 시인은 그런 과거를 생각하면서 시를 썼다. '넉넉한 시계'라는 표현에서도 짐작할 수 있듯, 그 시절은 지금처럼 경쟁에서 살아남기 위해 빠듯하게 움직이지 않았다. 지금 농촌은 어떤지 모르겠지만 1980년대만 하더라도 과거 농촌공동체가 품고 있던 '미덕'을 갖추고 있었다. 그 미덕들 가운데 두레가 있다. 쉽게 말해서 공동노동을 통해서 농사일을 서로 돕는 형식이다. 사람과 사람의 관계가 지금처럼 이해타산을 따져가며 요리조리 바뀌지 않던 시대 우리 모두는 서로가 서로를 그대로 받아들이면서, 또한 자신이 주어야 하는 게 뭔지 자연스럽게 알고 행하던 때였다.

이 세계의 시간을 지배했던 것은 이기利己와 경쟁이 아니라 이타利他와 상호부조였다. 서로서로 귀를 열고 손을 내미는 세계에서는 어느 누구나 넉넉한 시간을 가지고 있는 셈이다. 시인은 그런 세계를 형상화했다.

새마을사업으로
개수대에 수도 물이 쏟아졌다


녹슨 철사 테가 질근 껴안은 드므,
장독대 가장자리에 나 앉았다


갓밝이 즈음

비, 눈, 땡초바람, 맑은 날
전천후 200여 미터, 우물길 오가며
드므를 채웠던 예닐곱 동이 물,
온 식구가 족히 일용할 생명수였다

살강 밑, 구석진 자리에 앉았지만
마르지도 넘치지도 않던 샘,
어머니의 무량한 사랑

또래와 뛰놀다 목이 말라
정지문을 열고 들어서면 언제나
송판 뚜껑 위엔
엎드린 누른 박 바가지가 기다렸다

호우가 갠 날
드므 안 물거울에 어른거렸던 환영

똬리의 꼬리, 입에 물고
남실남실, 옹기동이 밑동을 훔치며
사립문을 들어서던 어머니

ㅡ「드므」

'드므'란 '높이가 낮고 넓적하게 생긴 독'이다. 드므에 얽힌 기억을 되살려 형상화했다. 위 시에 나타나는 사건과 분위기에는 그 옛날 고달팠지만 행복했던 사람들의 마음이 녹아 있다. 물이 흔했지만 실상 귀했던 시절 물을 담아 두었던 독은 한 식구를 먹여살리는 생명수나 다름이 없었다. 시어와 구절 하나하나 그 시절에 대한 시인의 추억과 사랑이 베어 있음을 확인하게 된다. 그 가운데서도 가장 시린 표정은 "호우가 갠 날/드므 안 물거울에 어른거렸던 환영"으로서 "똬리의 꼬리, 입에 물고/ 남실남실, 옹기동이 밑동을 훔치며/ 사립문을 들어서던 어머니"일 것이다.

"살강 밑, 구석진 자리에 앉았지만/ 마르지도 넘치지도 않던 샘,/ 어머니의 무량한 사랑"은 화자로 하여금 마음의 고향으로 남아 있다. 어머니는 곧잘 사랑으로 비유된다. 문학작품에서 고향이나 어머니처럼 자주 쓰이는 소재가 말하고 전하는 것은, 문학의 고향이 바로 사랑과 그리움과 밀접하다는 반증이 아닐까. 시인은 어릴 적 기억 속에 놓여 있는 어머니가 언제나 삶뿐만 아니라 시 창작에서 영원히 그치지 않는 달디 단 젖줄이요 샘물로 놓여 있다. 그런 이미지는 현대시에서 숱하게 남아 있지만, 몇몇 소수의 작품들을 뺀다면 대부분 상투적이고 관습적인 형상화에 머물러 있는 게 사실이다. 그런 현상이 나타나는 이유는 '어머니'에 대한 문학적 고정관념이 발동하기 때문이다.

어머니는 대체로 무조건적인 사랑과 희생, 그리고 자애로운 이미지로만 그려온 것이 사실이다. 이런 사실을 염두에 둔다면 「드므」가 지닌 미덕은 뚜렷하다. 물론 위 시에서도 어머니에 대한 이미지가 기존의 시와 달리 특별하다고는 볼 수 없다. 그런데 "마르지도 넘치지도 않던 샘"이나 "똬리의 꼬리, 입에 물고/ 남실남실, 옹기동이 밑동을 훔치며/ 사립문을 들어서던"이라는 이미지에는 어머니에 대한 기억과 함께 형상화에서 목격할 수 있는 애틋한 감성이 도드라진다. 숱한 어머니에 대한 형상과는 또 다른 결을 마련함으로써 지난 시간의 하늘가에 어른거리는 우리 마음의 고향 속에 영원히 남아있을 것만 같은 어머니 묘사이다.

갈아입은 주황색 옷들
멀리서 보면 아름답기만 한데

실바람에도 겨워
길바닥에 앞다퉈 떨어져
배 깔고 등짝 맞댄 벚 잎들

곱게 물들었는가 하면,
애벌레를 키워 우화등선케 했던,
크고 작은 구멍 난 잎들
헤아리듯 눈길 간다

벤치에 걸터앉아 다리쉼 하며
입은 상처들로 인해
마음 넓혔던가?

지난 삶의 낱장을 뒤적이다
가등이 환하게 날 비춰

자리를 떠난다

ㅡ「상처」

자연과 함께 살아온 시인의 일생을 키운 것은 어머니로 대변되는 고향의 소박한 마을공동체나 산과 들뿐만은 아닐 것이다. 아니, 자연과 고향에 묻혀 오랫동안 살면서 자연스럽게 형성된 세계이해라고 보아야 한다. 이러한 세계이해는 천하 만물이 모두 한 몸이라는 자각과 자연의 생명체가 지나온 여정을 들여다보는 따뜻한 시선이 들어있다.

"곱게 물들었는가 하면,/ 애벌레를 키워 우화등선케 했던,/ 크고 작은 구멍 난 잎들/ 헤아리듯 눈길 간다"는 진술처럼 잎들의 모양새를 바라보며 짐작하게 하는 생명의 이력을 응시하는 눈길이 따뜻하다. 하지만 "지난 삶의 낱장을 뒤적이다/ 기둥이 환하게 날 비춰/ 자리를" '떠나는' 화자의 모습에서 존재의 표피나 형식에 금을 긋거나 흠을 내는 일들을 확인하는 마음의 스산함도 어쩔 수 없다. 굳이 바람에 날리는 이파리들이 아니더라도 우리는 대개 운명이 내는 된바람에 휩쓸려 이리저리 흔들리곤 한다. 바로 그것이 생명이 지는 연약함일 것이다. 하지만 생각하는 동물인 인간은 그런 상처를 되뇌는 존재다. 의식하지 않아도 절로 되살아나는 지난 날의 상처와 절망과 고통의 그림자에 자유롭지 못한 존재가 인간이다.

사람 스스로 자신의 상처를 감당하고 기억하기엔 겨워 자연이나 대상에 그것을 전이하고, 또한 대상을 통해 자신의 상처를 되받아친다. 견디기 힘들수록 대상화對象化는 곧

잘 일어나는 것 같다. 물론 그렇지 않을 수도 있다. 위 시는 '상처'란 소재로 떨어지는 낙엽과 화자가 지나 온 삶의 구멍을 비교하고 있다. 한 무더기 스산함들이 지나가는 듯한 분위기에 절로 녹아드는 느낌 어쩔 수 없다.

'농촌'이라는 말 자체가 요즘 시대처럼 웬일인지 생소한 느낌을 주는 때, 농촌에 관한 시를 대하는 일만큼 반가운 일도 없다. 김종태 시집에 실린 시편들의 태반을 차지하는 농촌 시들은 시인의 농사 경험이나 고향에 얽힌 사연들이 그만큼 중요하다는 반증으로 이해할 수 있다. 자연과 고향에 대한 이야기는 수많은 작품으로 지금까지 독자들에게 보여져왔다. 그런데 작품을 통해 간접 경험하게 되는 농촌 이미지가 독자들의 사고에 일종의 고정관념으로 작용해서 실제 농촌의 실상을 가늠하는데 장애가 되는 때도 없지 않다. 도시와 대비된 장소적 위상으로서 농촌은 언젠가는 돌아가야 할 낙원이나 유토피아로 채색된 것이다. 하지만 김종태의 시들에서 보이는 농촌의 풍경에서 특이한 점은, 시인부터 자신이 살았던 장소에 대한 신비화나 이데올로기화를 거부하고 솔직하고 겸허한 시선으로 묘사하는 데서 찾을 수 있다. 이런 창작방법은 체화된 삶의 형식과도 관련이 있다. 생활이나 풍속을 시로써 형상화할 때 주요한 것은 시인의 체험이다.

체험적 형상화는 독자들로 하여금 대상세계에 대한 호기심과 아울러, 시로 묘사된 사람이나 풍경들 머릿속에서 선명한 이미지로 남게 되어 더욱 큰 시적 효과를 불러일으킨다. 김종태의 여러 시들에서 그런 면모를 찾을 수 있다.

뚜우-간월산을 쩌렁쩌렁 울렸다 어둑새벽, 소 뱃구레를 채우려고 논두렁에 꼴 베어 바지게에 지고 와 마당가에 받쳐놓고, 이른 아침을 먹자마자 고동을 챙겨 삽자루에 끼워 메고 서둘러 다음 맬 차례 논으로 모여들었다 엊저녁 미리 물을 뺀 논에 찰박찰박 풀을 맸던 열서너 명의 두레꾼들, 일렬로 엎드려 앞서거니 뒤서거니, 뒤처진 두레꾼에겐 지심 짝을 획- 던져 뻘 옷을 입히기도 했다 꼴머슴이 뒤에서 대나무 끝에 달린 댓잎으로 엎드린 등마다 스칠 듯 왔다 쉼 없이 쇠파리를 쫓았다 두레꾼에 의해 밟혀 쓰러진 벼 포기를 일으켜 세우던 순간, 누군가 찡그린 얼굴로 어깨를 실룩이며 번개같이 지심 짝이 날아들었다 뻘 칠갑 된 꼴머슴, 번쩍 든 정신에 울먹이며 그쪽에 대나무를 마구 휘저었다 논머리가 가까워 오자 엎드린 채 기준부터 논매는 폭을 차츰 좁혀가며 빠르게 되돌았다 한 발의 긴 나팔대를 뽑아 받쳐 들고 새참 때를 알렸던 나팔소리, 모녀가 국수 광주리와 농주를 채운 옹기동이를 이고 종종걸음 쳤다 분내 나는 들꽃을 힐끔거리며 농주 한 사발, 얼큰하게 목을 축였다 대접에 수북이 국수를 담고 제 몸 퉁퉁 불어난 멸치가 섞인 우린물을 붓고 정구지 한 점 올리고 양념간장을 친 거무스레한 우리 밀국수를 건네받아 후루룩 곱빼기를 비운 후 배를 쓰다듬었다 따가운 햇살이 등을 찔러대고 삼베적삼엔 땀방울이 비 오듯 논바닥에 떨어졌다 한 자락 남풍이 불어오면 '허리 펴세' 선창에 복창하며 허수아비 몰골로 시원한 바람을 안았다 숨이 턱에 닿을 즈음, 한나

절을 알렸던 나팔소리 움켜쥔 지심 짝을 서로 얼굴과 옷
에 내던졌으며 뻘 옷 입은 채 앞다퉈 시린 물이 차고 넘
치는 밤나무소에 풍덩, 뛰어들었다 각자 주인집에 가서
점심을 먹은 뒤, 한숨 눈을 붙인 오후, 돌림 농요를 구성
지게 부르며 고된 논매기를 견뎠던 긴 하루의 끝자락,
푸르스름한 들녘에 울려 퍼졌던 나팔 소리에 소농들도
밭맸던 아낙들도 일손을 놓았다

—「두레꾼」 전문

  아마 모르긴 해도 지금은 찾아볼 수 없는 풍경일 것이
다.「두레꾼」에서 형상화한, 논 매기 작업을 위한 시작부터
마지막까지 나타날 법한 일련의 모습들에서 단순하게 농
사를 위한 공동 작업에서 비롯한 시골의 인심이나 넉넉한
마음만을 반영하는 건 아니다. 여기에는 '하루'라는 시간
단위 안에서 오랫동안 행해왔던 공동체의 순환적이면서도
완결된 생명구조가 들어있다. "어둑새벽, 소 뱃구레를 채
우려고 논두렁에 꼴 베어 바지게에 지고 와 마당가에 받쳐
놓고, 이른 아침을 먹자마자 고동을 챙겨 삽자루에 끼워
메고 서둘러 다음 맬 차례 논으로 모여"드는 일련의 자연
스러운 행동들에서 자연의 시간 흐름에 맞춰 움직이는 '자
연적 인간'의 형식을 보게 된다. 그리고 하루 노동의 시간
이 다하면 "푸르스름한 들녘에 울려 퍼졌던 나팔 소리에
소농들도 아낙들도 일손을 놓"는다.
  이런 풍경을 다른 시각에서 바라보면 한가롭거나 평화
로운 모습으로 보일 수도 있을 것이다. 해가 뜨면 일을 하

고 해가 지면 일손을 놓고 집으로 돌아가 몸을 뉘는 일이 단순하게 '일상'의 영역으로 축소해서 바라볼 수도 있다. 그러나 한편으로 세계에 대한 회의와 실존적인 절망에 빠진 현대인들에게 위 시에 그려진 풍경과 이미지는, 이제는 다시는 돌아갈 수 없는 '황금시대'의 단면으로 놓여 있다. 마을 사람들이 한데 어울려서 농사를 짓는 모습만을 초점에 둔다면 위 시는 평범한 전원시의 범주에 매몰되어 버린다. 시인은 오래 전 자신이 겪었던 사실을 회상해서 썼을 수도 있지만, 형상화된 이미지는 시인이 의도했든 의도하지 않았든 지금은 잃어버린 복된 세계의 풍경으로 되살아났다. 아침이면 노동으로 자연과 함께 숨을 쉬며 저녁이면 몸과 마음을 쉬면서 하루 동안의 수고로움을 풀어주는 평안한 휴식의 시간이 되는 세계가 있었다.

이 세계에는 자아와 세계가 갈등을 빚거나 대결하는 양상을 보이지 않는다. 인간과 자연이 행복하게 합일되는 세계인 것이다. 공동체의 구성원들 사이에서도 반목과 질시가 없다. 뒤처지면 끌어주고 앞서 나가면 넌지시 잡아주는, 그래서 서로가 믿고 의지하면서 하루하루를 영위해 나가는 시공간이다. 시인은 그런 세계를 기억과 함께 시로써 형상화했다.


낟알을 줍습니다


타작은 끝이 나고
뒷설거지도 다 마무리 지은 논,

할머니 혼자 남았습니다

플라스틱 바가지 하나 앞에 놓고,
앉은걸음 하다 퍼질러 앉았다
해종일 침침한 눈으로
논바닥에 흩어진 벼 낟알,
낱낱 주워 바가지를 채웁니다

하산하는 젊은 남녀 등산인들,
할머니를 에워쌉니다
(먹고 남은 쌀밥은
음식물쓰레기통에 내다 버리는데)

―한 됫박도 안 되는데오 할머니
―해마다 딱 한 번
  하늘이 주는 곡식이여
  내사, 금싸라기하고도 안 바꿔!

가풀막진 보릿고개
첩첩 넘고 또 넘었던 할머니

―「낟알」 전문

시인이 지금까지 걸어왔던 삶은 근대화가 급속도로 이루지면서 농촌사회가 붕괴되던 시대와 그 이후의 시간대에 걸쳐 있다. 시인은 지금도 고향을 지키며 산다. 그러니

까 시인의 가슴과 머리는 고향의 넉넉한 품과, 도시화가 진행되면서 변모해진 우리사회의 각박한 인심 둘 다 걸쳐 있다. 그의 시에 등장하는 고향과 농촌의 풍경과 이미지 및 형상화는 역으로 말해 지금은 되찾을 수 없는 세계에 대한 스케치로 보아도 무방하다. 특히 위 시에서 보듯 보릿고개를 여러 번 겪었던 할머니가 얼마 되지도 않는 낟알을 줍는 모습에서 지난 날 삶을 지탱했던 마음이 무엇이었는지 되살려 준다. 곡식과 물자가 변변찮던 시대 절약이 몸에 뱄던 습관이 행동으로 절로 나왔다고 이해하는 것과는 다른 차원이다. 할머니는 "하늘이 주는 곡식이여,/ 내사 금싸라기하고도 안 바꿔!"라 단호히 말한다. 할머니의 발언은 이해타산을 따지며 생각하는 일이 몸에 밴 현대인이 생각할 때 이치에 맞지 않다. 곡식은 예로부터 사람들이 살아가기 위해서 어쩔 수 없이 먹었던 식량이지만, 그 식량을 기르고 재배하기 위해 들인 공은 비단 사람만의 노력 때문만은 아니다. 자연환경을 비롯한 땅과 하늘의 쉼 없는 보살핌으로 해서 만들어진 곡식이 인간 생명을 살찌게 했다. 따라서 할머니가 말한 "하늘이 주는 곡식" 안에 숨은 뜻을 헤아릴 수 있다. 보릿고개를 넘으며 한 알의 곡식이라도 소중하게 여기는 습성이 자연스럽게 생겨났듯이, 나날이 농사를 지어 섭취하는 곡식에 담긴 하늘의 뜻을 밥 먹는 실천을 통해서 터득하게 되는 것이다.

　　개동아!
　　밥 묵어라

〉

골목골목,
목청껏 불러 쌓던
니 엄마

갓 잦힌 쌀밥에
달걀 전,

산그늘 내린
오두막집에 홀로
새우처럼 누워
홀쩍...

저 목소리
더 고팠던 아이

– 「허기」 전문

　김종태 시에 드러나는 삶의 형식에서 비롯한 존재 양상
은 실상 우리가 살면서 만나고 겪게 되는 자잘한 생활양식
을 깊게 응시한 데서 형상화된 풍경들의 다양한 면모이기
도 하다. 여기에는 하루하루 이어가는 생명의 거룩한 모습
과 자연이 우리에게 주는 각양각색의 눈짓들이 담겨져 있
다. 지난날의 기억에서 배태되는 그리움도 포함된다. 「허
기」에 형상화되어있는 그리움은 허기에 대한 그리움이 아
니라 아이를 부르는 엄마 목소리에 대한 그리움이다. 누구

나 한번 겪었을 법한, 끼니 때 보이지 않는 자식을 부르는 엄마 목소리는 시간이 지나면 잊히지 않는 그리움으로 남는다. "개동아!/ 밥 묵어라" 부르는 소리, 이 소리는 단지 행위를 촉구하는 음성으로만 존재하지 않는다. 밥을 먹어라는 부모의 요청은 아이에게 이제 밥을 먹을 시간이니 돌아와서 밥을 먹어야 한다는 명령이 아니다. 아이를 부르는 엄마 소리는 엄마라는 존재를 아이에게 확인시키는 음성이다. 이러한 '자연'의 음성은 일상에서 주고받는 단순한 대화 차원을 넘어선다. 시간이 흘러도 남아 있는 그 소리는 우리에게 자연과 고향 회귀에 대한 본능을 일깨운다.

"저 목소리/ 더 고팠던 아이"는 비단 위 시의 화자뿐만 아니라 고향의 바탕을 벗어나 홀로 외롭게 헤매고 있는 우리 모두로 환원해도 하등 이상하지 않을 것이다. 그래서 더욱 위 시의 울림이 크다. 언젠가는 별리別離의 순간을 맞을 수밖에 없는 인간존재의 허기를 채울 수 있는 방법은 무엇일까. 그 방법을 찾는 일부터가 어리석다. 인간은 허기를 안고 태어나서 허기를 품고 돌아간다. 다만 허기를 채우고 싶다는 바람만이 생명을 지속할 수 있게 하는 동력으로 작용한다. 시는 그러한 바람을 마음에 담아 표현하는 수단이요 도구다. 김종태 시인은 물결처럼 푸르게 흐르는 그런 마음에 붓을 찍어 삶의 문장을 만든다. 그 결실이 이번 시집에 오롯하다.